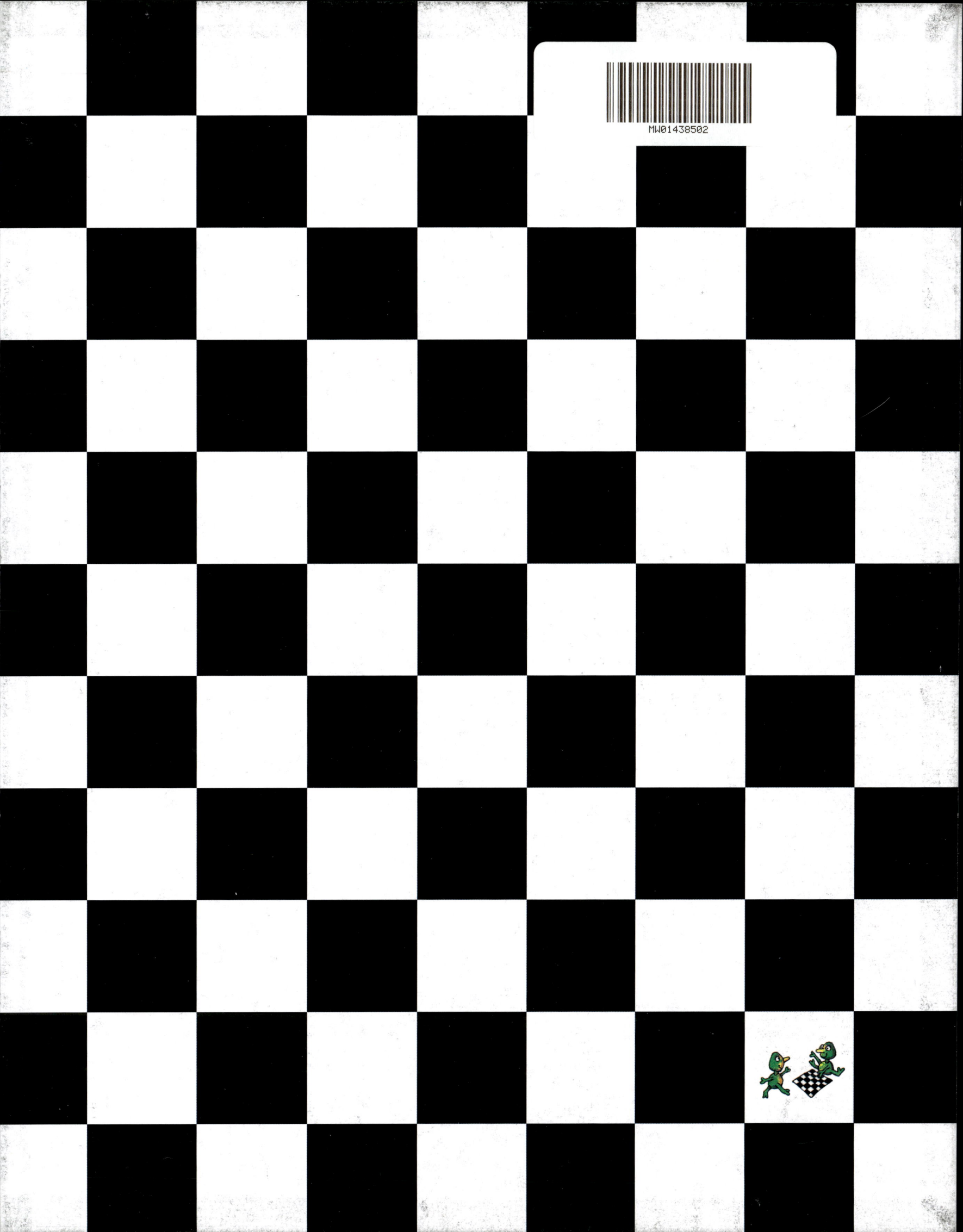

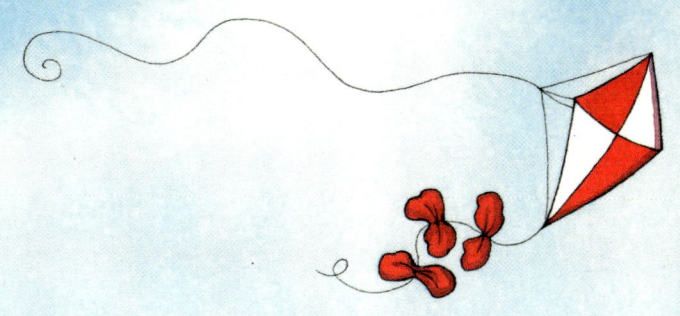

ÉCHEC ET MAT À ÉCHIQUIER-VILLE

Piers Harper

Adaptation française de Didier Debord

GRÜND

ÉCHIQUIER-VILLE A ÉTÉ PRISE D'ASSAUT PAR UNE ARMÉE DE PIÈCES BLANCHES !

Le roi et la reine noirs sont prisonniers dans le donjon de leur propre château. Les pièces noires marchent vers la ville pour libérer leurs souverains. Vous devez aider les pions, cavaliers, fous et tours noirs à entrer dans Échiquier-ville.

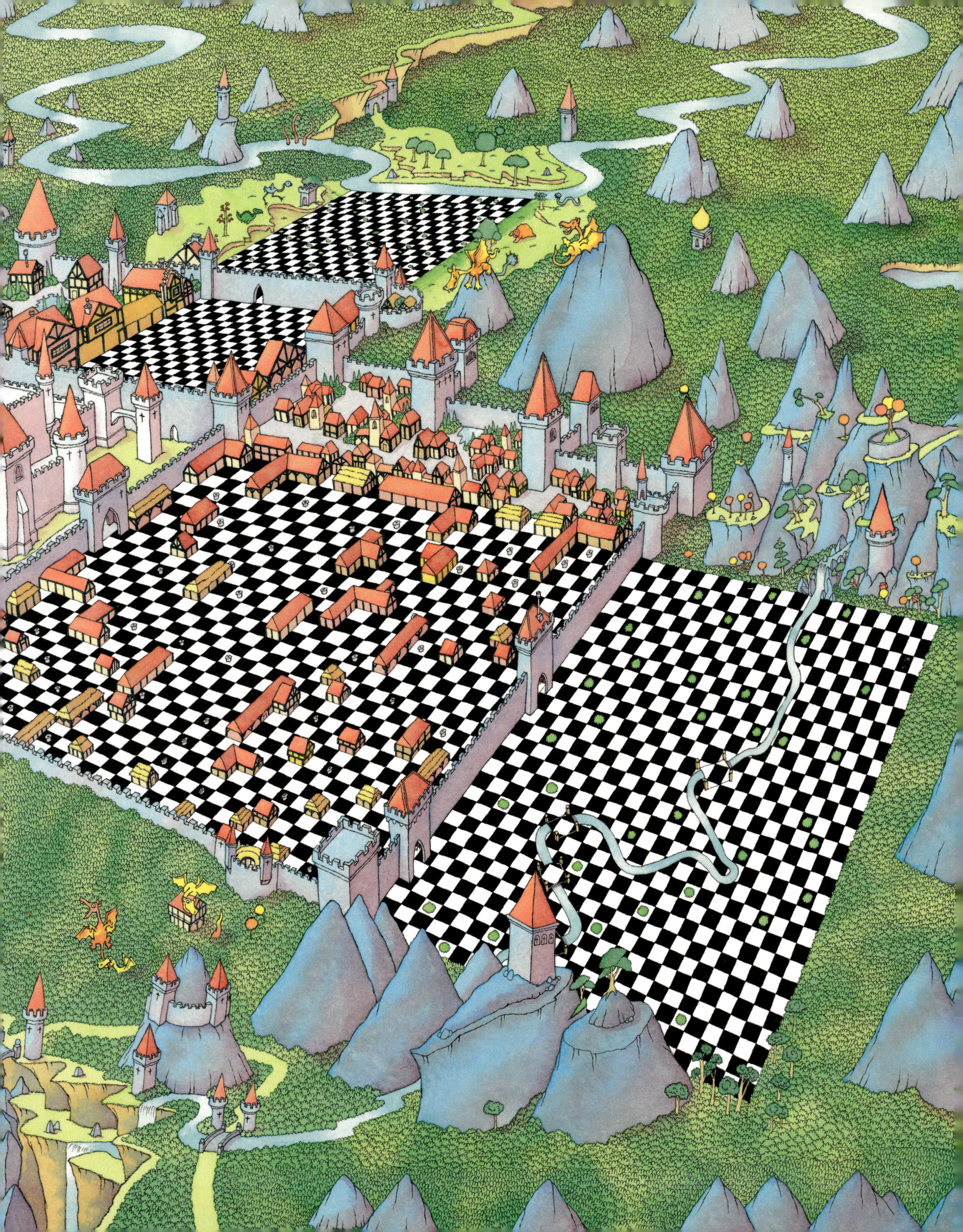

Les fous noirs ont aussi pénétré dans la ville ! Guidez-les de puits en puits à travers la place. Changez au besoin de direction lorsque vous avez atteint un puits.

COMMENT DÉPLACER LES FOUS
Les fous peuvent avancer et reculer de n'importe quel nombre de cases, mais uniquement en diagonale.

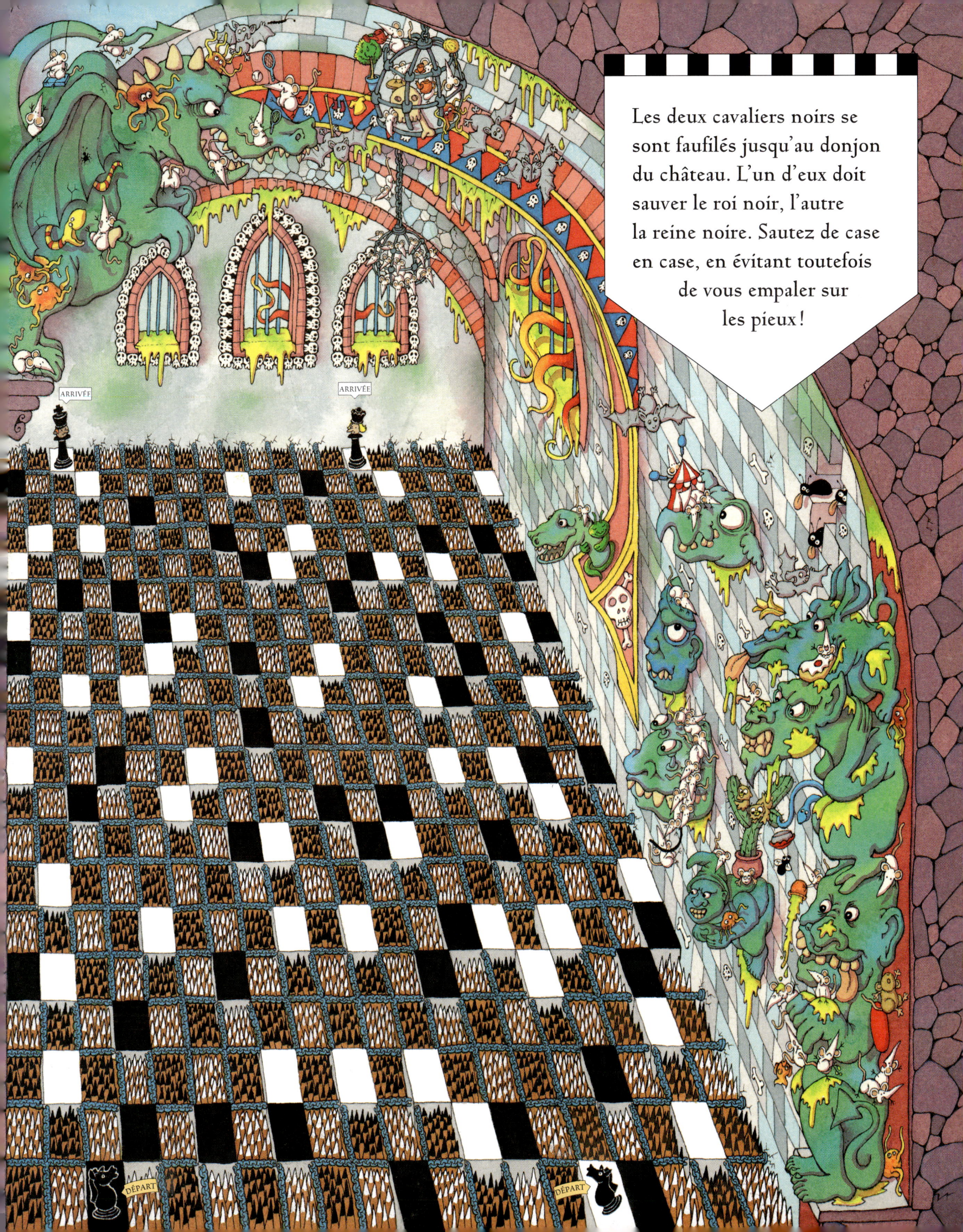

Les deux tours noires sont entrées dans la salle du banquet. Les pièces blanches s'y sont endormies après avoir fêté leur victoire. Chaque tour doit s'emparer de sept pièces blanches en seulement sept coups, et les enfermer dans une geôle au fond de la pièce. Pouvez-vous les aider? Changez au besoin de direction lorsque vous avez capturé une pièce blanche.

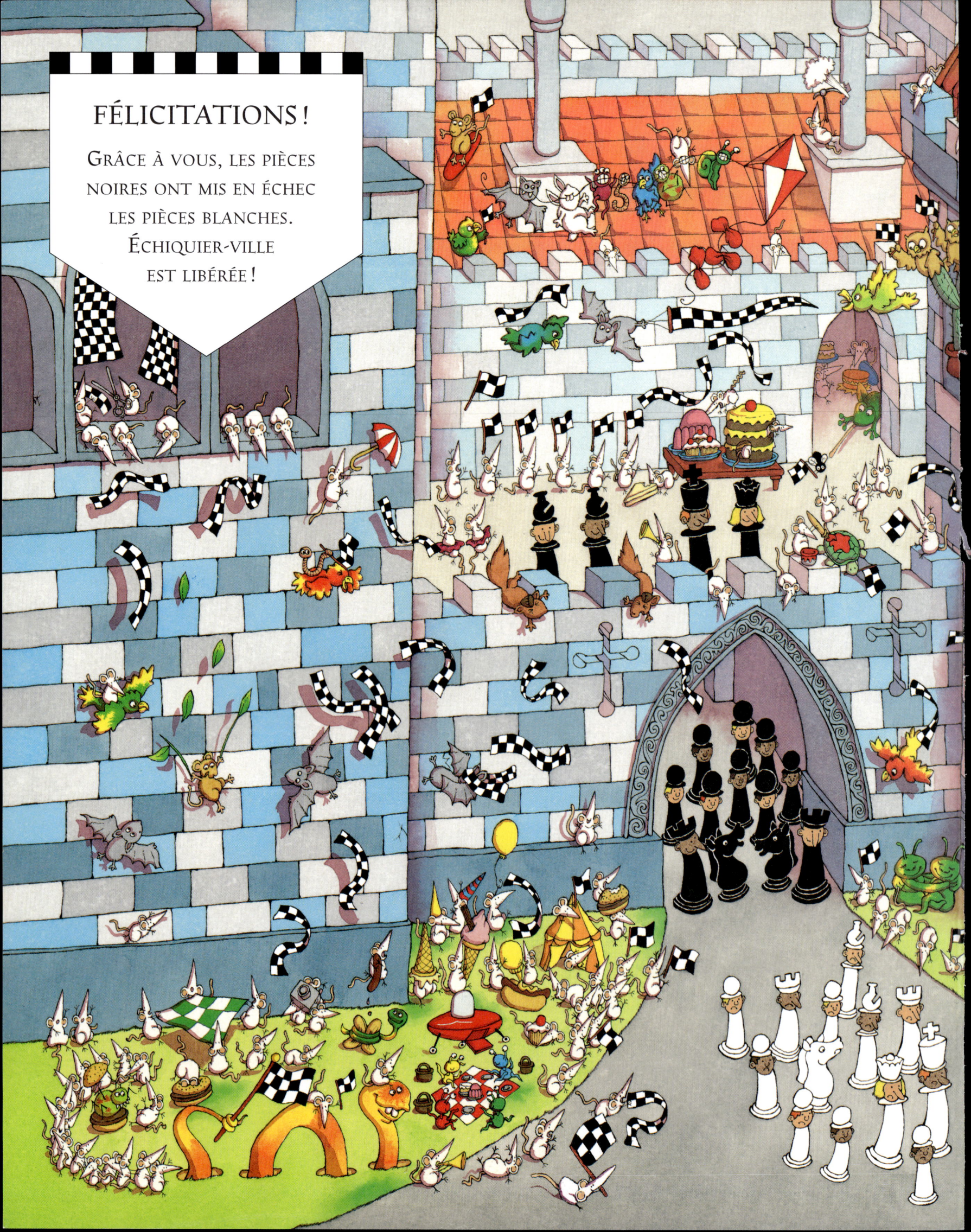

LE JEU D'ÉCHEC

Vous savez maintenant déplacer les différentes pièces du jeu d'échec, mais il vous reste encore beaucoup à apprendre. Les échecs sont comme une bataille dans laquelle les pièces blanches tireraient toujours en premier. Chaque participant joue ensuite à tour de rôle. Le but du jeu consiste à prendre les pièces adverses pour les faire sortir de l'échiquier. Une pièce est capturée lorsqu'une pièce adverse s'arrête sur la case où elle se trouve. Le roi adverse est « échec » quand vous pouvez le prendre au tour suivant. Toutefois, si votre adversaire réussit à déplacer son roi pour le mettre en lieu sûr, ou s'il peut le protéger en déplaçant une autre pièce, le jeu continue. Dans le cas contraire, on dit que son roi est « échec et mat », et vous avez gagné la partie. Les règles du jeu ne s'arrêtent pas là, et pour les apprendre, le mieux est de s'initier avec un joueur confirmé. C'est un jeu passionnant dans lequel deux parties ne se ressemblent jamais.

DISPOSITION DES PIÈCES SUR L'ÉCHIQUIER

Le jeu d'échec compte 64 cases noires et blanches. Disposez l'échiquier de telle sorte que chaque joueur ait une case blanche dans le coin droit. Les pièces sont placées sur deux rangées. La rangée la plus proche du joueur comporte une tour à chaque extrémité ; viennent ensuite les cavaliers, les fous, et enfin, au centre, le roi et la reine. La reine est toujours sur une case de sa couleur : la reine blanche sur une case blanche, la reine noire sur une case noire. Les huit pions sont disposés sur la deuxième rangée.

 COMMENT DÉPLACER LES PIONS

Les pions peuvent avancer de deux cases lors de leur premier coup, mais d'une seule case par la suite. Ils ne doivent ni reculer ni aller de côté, et ne se déplacent en diagonale que pour prendre une pièce adverse.

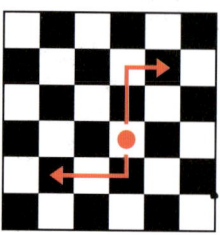

 COMMENT DÉPLACER LES CAVALIERS

Les cavaliers se déplacent en formant des « L » de quatre cases, à partir de leur point de départ et dans n'importe quelle direction. Ce sont les seules pièces autorisées à en sauter d'autres.

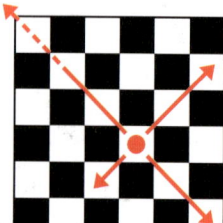

 COMMENT DÉPLACER LES FOUS

Les fous peuvent avancer et reculer de n'importe quel nombre de cases, mais uniquement en diagonale.

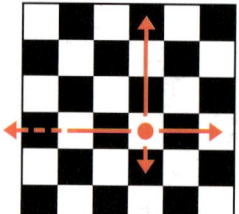

 COMMENT DÉPLACER LES TOURS

Les tours peuvent se déplacer en ligne droite de n'importe quel nombre de cases et cela, dans toutes les directions, sauf en diagonale.

 COMMENT DÉPLACER LA REINE

La reine peut se déplacer de n'importe quel nombre de cases, et cela, dans toutes les directions.

 COMMENT DÉPLACER LE ROI

Le roi peut se déplacer dans toutes les directions, mais d'une seule case à la fois.